Analyse de l'œuvre

Par Natalia Torres Behar

Pedro Páramo

Juan Rulfo

lePetitLittéraire.fr

Analyse de l'œuvre

Par Natalia Torres Behar

Pedro Páramo

Juan Rulfo

lePetitLittéraire.fr

Rendez-vous sur lepetitlitteraire.fr et découvrez :

Plus de 1200 analyses
Claires et synthétiques
Téléchargeables en 30 secondes
À imprimer chez soi

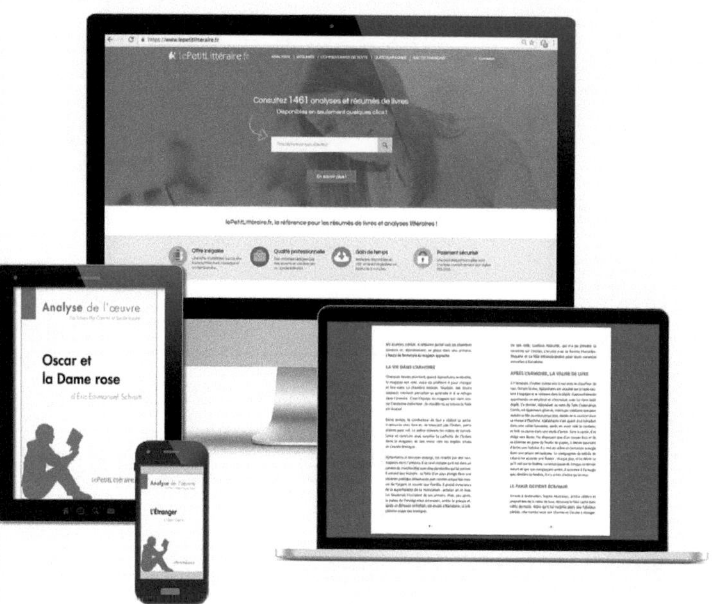

JUAN RULFO

ROMANCIER ET NOUVELLISTE MEXICAIN

- **Né à Jalisco (Mexique) en 1917.**
- **Décédé à Mexico en 1986.**
- **Prix littéraires :**
  - Prix Xavier Villaurrutia, 1957 (pour *Pedro Páramo*)
  - Prix national de linguistique et de littérature (Mexique), 1970
  - Prix Prince des Asturies de littérature, 1983
- **Honneurs notables :**
  - Membre de l'Académie mexicaine des lettres (nommé en 1976)
- **Travaux notables :**
  - *La plaine brûlante* (1953), recueil de nouvelles
  - *Pedro Páramo* (1955), roman
  - *Le coq d'or* (1980), nouvelle

Juan Rulfo était un écrivain, photographe et scénariste mexicain. Ses deux parents sont morts alors qu'il était très jeune, et il a passé la majeure partie de son enfance dans un orphelinat. Il s'installe à Mexico en 1933 pour suivre des études universitaires et, bien qu'il n'ait pas pu s'inscrire pour des raisons bureaucratiques, il est autorisé à assister aux cours d'histoire de l'art. Il acquiert ainsi une connaissance impressionnante de l'histoire, de l'anthropologie et de la géographie du Mexique, et ces sujets influencent grandement son œuvre.

En 1934, il commence à publier des nouvelles dans la revue littéraire *America* et, au cours de la même décennie, il commence à travailler pour le secrétariat de l'intérieur du Mexique. Dans le cadre de son travail, il a voyagé dans tout le pays et a été le témoin direct de la pauvreté et des difficultés rencontrées par les citoyens dans les régions les plus reculées. Il s'en inspire ensuite pour ses romans et ses nouvelles, qui ont tous une dimension sociale marquée. Plus tard, Rulfo a travaillé pour l'Institut national des peuples indigènes.

En tant qu'écrivain, Rulfo privilégiait la qualité à la quantité : sa production littéraire se résume à un roman, une nouvelle et 17 nouvelles, mais cela a suffi à asseoir sa réputation de grand écrivain du Mexique et de l'Amérique latine dans son ensemble.

Bien que ce soient ses écrits qui l'aient rendu célèbre, ses photographies ont attiré de plus en plus l'attention de la critique à la fin de sa vie et constituent aujourd'hui un important sujet d'étude à part entière. Il a été actif en tant qu'écrivain et photographe au cours de la même période, mais il a toujours considéré les deux médiums comme totalement indépendants l'un de l'autre et a cherché à utiliser sa photographie pour créer un portrait de la vie mexicaine contemporaine.

<u>**Le saviez-vous ?**</u>

Lorsqu'on lui a demandé pourquoi il avait cessé d'écrire, Rulfo a répondu, mi-blagueur, mi-sérieux, que son oncle Celerino, qui lui racontait toutes ses histoires, était mort.

PEDRO PÁRAMO

UN MÉLANGE DE RÉALISME ET DE FANTAISIE

- **Genre :** Roman
- **Édition de référence :** Rulfo, J. (2014) *Pedro Páramo*. Trans. Sayers Peden, M. Londres: Serpent's Tail.
- **1ère édition :** 1955
- **Thèmes :** mort, voyage, Révolution Mexicaine, femmes

Pedro Páramo est un roman très original qui mêle habilement réalisme et fantaisie. Il raconte l'histoire de Juan Preciado, qui se rend dans la ville de Comala à la recherche de son père Pedro Páramo et découvre que tous les habitants de la ville sont des fantômes. Le roman reconstitue le passé idyllique de la ville, quand elle était prospère et que tout le monde était encore en vie, et raconte l'histoire de son déclin.

La structure du texte est si fragmentée qu'il est parfois difficile de suivre l'histoire. Le roman propose une réflexion sur le passage du temps et la mort, explore la croyance populaire selon laquelle certaines âmes ne trouvent jamais le repos après la mort mais continuent à errer sur la terre, et critique sévèrement les échecs de la révolution mexicaine.

Pedro Páramo a été traduit dans plus de 30 langues et a été salué par des auteurs de renom tels que Gabriel García Márquez (1927-2014) et Jorge Luis Borges (1899-1986), qui le considèrent tous deux comme l'une des plus grandes œuvres de la littérature mondiale.

Un long processus d'écriture

Rulfo a eu l'idée de *Pedro Páramo* en 1947, mais a passé des années à développer et à réviser le texte. Cela se voit dans les histoires qui composent *La plaine brûlante*, car Rulfo a utilisé ce recueil comme un exutoire créatif lorsqu'il avait du mal à écrire son roman. Il a donné plusieurs titres à son roman, notamment *Una estrella junto a la luna* (« une étoile à côté de la lune »), *Los desiertos de la tierra* (« les déserts de la terre ») et *Los murmullos* (« les murmures ») avant de se contenter de *Pedro Páramo* en raison de sa simplicité. Néanmoins, les trois titres précédents ont servi de point de départ à de nombreuses analyses critiques du roman.

RÉSUMÉ

Pedro Páramo comprend une intrigue centrale ponctuée de nombreux fragments qui racontent la vie d'autres personnages. Cependant, ces fragments ne sont pas des textes autonomes et univoques, mais plutôt les pièces d'un puzzle plus large qui permet de révéler et de comprendre des parties de l'histoire complète. C'est pourquoi, dans le résumé qui suit, nous avons essayé de regrouper tous les fragments qui racontent la même histoire dans chaque section. Cependant, il est important de garder à l'esprit que cela ne reflète pas l'ordre du récit, qui est composé de nombreuses histoires liées entre elles.

LA VIE DE PEDRO PÁRAMO

Bien qu'il ait essayé d'oublier, Pedro Páramo se souvient encore du jour où il a appris que son père, Lucas Páramo, avait été assassiné lors d'un mariage. Il n'était qu'un enfant à l'époque, mais son jeune âge ne l'a pas empêché de traquer et de tuer tous les invités présents à ce moment-là.

Il a également hérité de toutes les terres familiales à la mort de son père, malgré sa paresse chronique, son manque de fiabilité et son refus de travailler, qui ont amené Fulgor Sedano, le bras droit de son père et son confident le plus fiable, à le considérer comme un bon à rien. Sedano avait également la tâche peu enviable d'annoncer que la famille était en faillite et endettée, car elle était pleine de fainéants qui avaient dilapidé l'argent de la famille jusqu'à ce qu'il ne reste plus rien. Cependant, la réaction responsable de Pedro le surprend et gagne son respect, car il ne demande pas combien ils doivent, mais plutôt à qui ils le doivent.

Lorsque Sedano lui dit qu'ils doivent le plus d'argent aux sœurs Preciado, Pedro lui dit de demander la main de Dolores Preciado en son nom, car c'est une femme assez séduisante et cela effacerait la dette de la famille Páramo envers les sœurs. Le mariage fut rapidement organisé, au grand dam de Dolores, qui souhaitait avoir plus de temps pour le préparer. Le couple a eu un fils nommé Juan, mais Dolores l'a emmené avec elle lorsqu'elle est allée vivre chez sa sœur après une dispute avec Pedro. Elle avait espéré que Pedro les suivrait et les supplierait de revenir, mais il ne l'a jamais fait.

Entre-temps, Pedro s'est retrouvé mêlé à un conflit foncier avec certains voisins. Sedano lui a raconté que l'un de ses voisins, un homme du nom de Toribio Aldrete, souhaitait établir des limites claires entre ses terres et celles de Pedro. Il a donc effectué les mesures nécessaires et s'est emparé des parcelles qu'il estimait être les siennes. Pedro n'étant pas satisfait des nouvelles limites, il envoie Sedano accuser Aldrete de squat (ou de toute autre chose qui lui vient à l'esprit et dont il pense pouvoir s'affranchir) pour récupérer ses terres. Il avait l'intention d'établir ses propres règles, avec Sedano à ses côtés, à partir de ce moment-là. Lorsque Sedano est allé parler à Aldrete, une dispute a éclaté et Aldrete a été tué, ce qui a facilité la reprise de ses terres par Pedro.

Un jour, l'une des nombreuses femmes que Pedro fréquentait a eu un bébé, mais elle est morte pendant l'accouchement. Le père Rentería lui dit alors qu'il élèverait le bébé, car tout enfant de Pedro aurait inévitablement du mauvais sang. Déterminé à lui prouver le contraire, Pedro recueille l'enfant, qu'il nomme Miguel. En grandissant, Miguel est devenu paresseux et paresseux, et Dorotea, une vieille femme de la ville, lui procure des femmes à violer. Les hommes n'étaient pas non plus épargnés par sa violence : il était enclin à se disputer et ont tué plusieurs hommes, mais son père veillait à ce qu'un bon avocat le défende afin qu'il s'en sorte toujours indemne. Un jour, alors qu'il se rendait dans une ville voisine pour chercher une femme, Miguel est tombé de son cheval et est mort.

Bien que Pedro ne se soit pas vraiment soucié de la mort de son fils, il savait qu'il la méritait et que c'était une forme de punition à cause de ses dettes.

LE DÉCLIN DE COMALA ET LA MORT DE PEDRO PÁRAMO

Pedro vieillit rapidement et se retrouve fatigué et sans énergie après la mort prématurée de son fils. Tout change lorsqu'il apprend que Bartolomé San Juan, le père de son ancien amour Susana, est revenu en ville après 30 ans d'absence et cherche une protection, car il a entendu des rumeurs de soulèvement populaire près de sa mine et veut s'assurer que rien n'arrivera à sa fille. Pedro lui propose de l'aider en échange de la main de Susana, qui accepte.

Susana était une amie d'enfance de Pedro et la seule femme qu'il n'ait jamais vraiment aimée. Cependant, lorsqu'ils se sont retrouvés, elle était déjà vieille, avait perdu son apparence et était à moitié folle. Mais tout cela importe peu à Pedro : maintenant qu'il l'a retrouvée, il n'est pas prêt à la laisser s'échapper une seconde fois.

Un jour, un homme se présente chez Pedro et lui annonce qu'un groupe de révolutionnaires autoproclamés a tué Sedano, qu'ils considèrent comme l'administrateur de la terre de Pedro, et qu'ils viennent ensuite le chercher. Pedro ne semble pas perturbé et dit à l'homme d'inviter le groupe chez lui pour manger avec lui. Ils lui disent qu'ils en ont assez du gouvernement et des hommes riches comme lui, et qu'ils ont donc pris les armes contre eux. Pedro leur dit qu'il compatit à leur lutte et leur promet de leur donner des hommes et de l'argent pour soutenir leur révolution, bien qu'en fin de compte il ne leur donne que des hommes et pas l'argent qu'il avait promis.

Pendant ce temps, la santé de Susana se dégradait : elle était alitée, avait des hallucinations et souffrait de cauchemars et d'insomnies qui la poussaient à crier la nuit. Pedro prétendait que sa douleur venait de l'intérieur et ne pouvait donc pas être soignée. Elle avait son propre monde intérieur qu'il ne pouvait pas atteindre, et les choses sont restées ainsi jusqu'à sa mort. Après sa mort, toutes les cloches des églises de la ville sonnent pendant plusieurs jours, mais les habitants pensent qu'il s'agit d'une fête et n'arrivent pas à se convaincre qu'il s'agit en fait d'un deuil. Pedro, furieux, s'est juré de les laisser mourir de faim. Cette fois, il a tenu parole.

Après la mort de Susana, Pedro restait longtemps assis à regarder par la fenêtre la route menant au cimetière. Il perdit goût à la vie, fit évacuer ses terres et donna l'ordre de les brûler. La terre étant stérile, ruinée et infestée par la peste, de nombreux habitants partent à la recherche d'une vie meilleure ailleurs. Cependant, certains sont restés parce qu'ils n'avaient nulle part où aller et parce que Pedro avait promis de leur laisser des terres après sa mort.

Finalement, Pedro ne mourra que plusieurs années plus tard. Il a vécu la révolution mexicaine, qui a bouleversé la vie du pays, mais qui a semblé le laisser de côté. Il a finalement été poignardé à mort par Abundio, un muletier local, rongé par le ressentiment et qui s'est tourné vers la boisson après la mort de sa femme.

L'HISTOIRE DE JUAN PRECIADO

Plusieurs années après ces événements, Juan Preciado, le narrateur du roman, se rend à Comala à la recherche de son père. En chemin, il rencontre un muletier nommé Abundio, qui lui dit que Pedro Páramo est mort mais qu'il peut rester dans une auberge tenue par une femme appelée Eduviges. Lorsqu'il arrive à Comala, il découvre que la ville n'est pas du tout comme sa mère l'a décrite : elle est morne, déserte et peuplée de fantômes, de murmures et d'âmes errantes.

Lorsque Juan arrive à l'auberge, Eduviges lui dit qu'elle l'attendait, car sa mère Dolores lui a dit qu'il venait. Elle lui parle également du mariage de Pedro avec sa mère.

Au cours de sa première nuit à l'auberge, Juan entend des cris dans la chambre voisine. Lorsqu'il demande à une femme dans la rue ce qui s'est passé, elle lui dit qu'il doit y avoir un écho piégé dans la chambre, car il y a de nombreuses années, un homme du nom de Toribio Aldrete y a été pendu.

Après lui avoir dit cela, la femme disparaît, laissant Juan errer seul dans la ville apparemment vide jusqu'à ce que quelqu'un l'invite à entrer dans sa maison. Un homme nommé Donis et une femme vivent là, et ils lui disent qu'il peut y dormir. Au fil de leurs conversations, Juan découvre qu'ils sont les seules personnes de la ville qui ne sont pas mortes et qu'ils sont frères et sœur. Donis a violé la femme, ce qui est une grande source de honte pour elle.

Dans un épisode confus où Juan ne sait pas s'il est éveillé ou endormi, vivant ou mort, il décide de quitter Donis et la maison de la femme pour essayer de trouver de l'air frais, mais il n'en trouve pas et meurt étouffé.

À ce moment de l'histoire, le lecteur se rend compte que Juan est également mort et que ce qui semblait être un soliloque est en fait une conversation, puisque quelqu'un l'interrompt pour dire : « Tu essaies de me faire croire que tu t'es noyé, Juan Preciado ? » (p. 63). Il répond à Dorotea, la femme à qui il parle, pour dire qu'il est en fait mort de peur.

ÉTUDE DE CARACTÈRE

Comme la majorité des personnages du roman sont morts, nous avons tendance à ne recevoir d'eux que des descriptions brèves et fragmentaires. Ils ne sont rien de plus que des fantômes, des échos et des voix lointaines.

JUAN PRECIADO

Il est le protagoniste et le narrateur d'une grande partie du roman. Né d'un mariage de convenance sans amour entre Dolores Preciado et Pedro Páramo, il se rend à Comala pour tenter de retrouver son père et réclamer ce qui lui revient de droit. Lorsqu'il voit que la ville est déserte et peuplée de fantômes, il meurt de peur et est enterré sur place.

PEDRO PÁRAMO

C'est le propriétaire terrien local. Il était cruel, coureur de jupons, ambitieux, sans scrupules, corrompu et rancunier, et ne reculait devant rien pour obtenir ce qu'il voulait, même si cela signifiait mentir, faire du mal ou même tuer ceux qui s'opposaient à lui. Il est responsable de la période de prospérité de Comala et, plus tard, de sa destruction totale. Son seul mérite est l'amour qu'il porte à Susana San Juan, qui perdure même lorsqu'elle est âgée et sombre dans la folie.

SUSANA SAN JUAN

Pedro affirme que lorsque Susana était plus jeune, elle était la plus belle femme du monde, avec « des lèvres et des yeux [...] doux comme du sucre candi » (p. 99). Après la mort de sa mère, alors qu'elle était enfant, et après que personne ne soit venu aux funérailles, son père l'a emmenée dans une région minière où, semble-t-il, il lui a fait subir des violences physiques et psychologiques.

Elle était mariée à un homme du nom de Florencio, mais la mort de celui-ci l'a rendue folle, et lorsqu'elle est allée vivre avec Pedro, alors qu'elle était une vieille femme, son état mental était pire que jamais et elle souffrait d'insomnie et d'hallucinations. Elle décide de mourir sans se confesser.

PÈRE RENTERÍA

Le prêtre de Comala était un homme corrompu qui laissait les puissants s'en tirer à bon compte et achetait leur absolution, car il avait peur de perdre leur soutien. Il se sentait parfois coupable car il savait que son traitement des pauvres, qui venaient chercher du réconfort auprès de lui et qui étaient les vrais fidèles, était injuste. Au fur et à mesure que la Révolution avance, il décide de rejoindre les révolutionnaires.

DOLORES PRECIADO

La mère de Juan était une femme belle et digne. Lorsqu'elle a épousé Pedro, elle était optimiste et pleine d'espoir, même s'ils n'ont pas pu dormir ensemble la nuit de leur mariage parce qu'elle avait ses règles. Pour cette raison, elle demanda à son amie Eduviges de dormir avec Pedro à sa place.

Malgré l'échec de son mariage, elle a attendu pendant de nombreuses années que Pedro lui revienne. Sur son lit de mort, elle demande à son fils de rechercher son père afin qu'il puisse réclamer ce qui lui revient de droit.

MIGUEL PÁRAMO

Miguel est le seul fils que Pedro ait reconnu. Le père Rentería l'a enlevé à Pedro, qui a alors décidé de l'élever lui-même pour prouver au prêtre qu'il n'avait pas de mauvais sang. Mal élevé et gâté toute sa vie, Miguel est devenu un homme agressif et belliqueux qui violait régulièrement des femmes. Selon Sedano, il était si violent et menait une vie si hédoniste qu'il semblait avoir une course contre la montre. Il est mort après être tombé de son cheval.

FULGOR SEDANO

Sedano était le bras droit de Pedro, son conseiller, son messager, l'administrateur de sa ferme et, surtout, la personne qui faisait tout son sale boulot. Fidèle à la famille Páramo et dévoué à son travail, il a été assassiné plus tard par des révolutionnaires.

DONIS ET SA SŒUR

Les deux seules personnes vivantes de Comala ont une relation incestueuse et ne portent jamais de vêtements. Ils laissent Juan rester avec eux lorsqu'il se perd au milieu de la ville. La femme se sent coupable de sa relation avec son frère et s'imagine qu'elle est couverte de marques qui la trahiraient si elle quittait la maison. Lorsque Juan meurt pendant son séjour chez eux, Donis s'arrange pour qu'il soit enterré.

EDUVIGES DYADA

Eduviges était la meilleure amie et confidente de Dolores Preciado. Comme elle s'est suicidée, le père Rentería n'a pas voulu prier pour son âme. Le lecteur commence à soupçonner qu'elle est morte lorsque Juan lui parle, non seulement parce qu'elle peut communiquer avec Dolores, mais aussi parce que sa peau est décrite comme transparente et sans sang, que ses mains sont ridées et flétries et que ses yeux ne sont pas visibles.

TORIBIO ALDRETE

Il vivait à côté de la ferme de Pedro Páramo, et a été accusé de squatter et assassiner dans l'auberge d'Eduviges Dyada par Fulgor Sedano.

DOROTEA

C'était une femme locale qui avait l'habitude de procurer des femmes à Miguel Páramo pour qu'il les viole, et elle est enterrée à côté de Juan. C'est à elle qu'il raconte son histoire, avec des échos et les voix d'autres âmes perdues en arrière-plan.

ALBUNDIO

Cet humble muletier est la première personne que Juan rencontre lorsqu'il arrive à Comala. Il boit pour surmonter son deuil et poignarde Pedro Páramo, qui est aussi son père, alors qu'il est ivre.

ANALYSE

FORMULAIRE

Style

Sur le plan stylistique, *Pedro Páramo* ne s'éloigne pas de la mythologie, avec laquelle il partage des éléments tels qu'une structure temporelle inhabituelle et la recherche des origines d'un personnage. À l'instar de Télémaque, personnage de la mythologie grecque partie à la recherche de son père Ulysse, Juan se rend à Comala à la recherche de son père. Mais il est aussi à la recherche du paradis perdu de sa mère ; comme l'a souligné le critique José Carlos González Boixo, le roman puise donc dans la mythologie grecque et judéo-chrétienne. Juan n'est pas seulement à la recherche de son père, il est aussi à la recherche de la terre promise et du paradis biblique.

Le roman s'inspire de la mythologie non seulement par ses thèmes, mais aussi par son utilisation du temps. Il se déroule au Mexique au début du XXe siècle, mais dans le texte, le temps est cyclique. Ce que nous pensions être le début est en fait la fin, la fin n'est pas vraiment la fin et, dans la version originale espagnole du roman, l'histoire de Pedro Páramo, qui s'étend de son enfance à sa vieillesse, commence et se termine par les mêmes mots. Comme les personnages sont des âmes perdues, ils vivent éternellement et sont condamnés à errer sur la terre pour l'éternité. Dans la ville fantôme de Comala, chaque jour est le même et n'est qu'un fragment d'une éternité de douleur, d'angoisse et de souffrance.

En raison de ce mélange de réalisme, d'éléments mythologiques et d'éléments fantastiques, il a été dit que *Pedro Páramo* pourrait être un précurseur du réalisme magique, « une stratégie narrative principalement Latino-américaine qui se caractérise par l'inclusion d'éléments fantastiques ou mythiques dans une fiction apparemment réaliste » (*Encyclopaedia Britannica*). Les événements fantastiques du roman, qui surprennent souvent le lecteur ou le laissent désorienté, sont communs, banals et font partie de la vie quotidienne de ses personnages : pour les fantômes, il est normal d'être mort et d'errer sur la terre en se plaignant et en parlant entre eux. On a l'impression qu'être mort est ennuyeux, c'est pourquoi ces personnages se parlent entre eux. Même Juan, qui est vivant et a un but, ne semble pas trop surpris de constater que la ville est habitée par des âmes perdues. La mort et la communication d'outre-tombe sont présentées comme normales et banales, et la dimension fantastique de l'histoire vient du fait qu'elle est décrite comme une réalité quotidienne.

Langue

Le langage est crucial dans *Pedro Páramo*, car l'histoire repose sur des voix, des échos et des murmures. Le roman est rempli de voix de personnages du passé, qui s'entremêlent souvent : le récit de Juan Preciado, Pedro Páramo parlant à Susana San Juan et évoquant son passé, les gémissements de Susana San Juan, les cris de Toribio Aldrete, les prières du père Rentería, etc.

La voix de Juan Preciado est au cœur du roman. Ce n'est qu'à la moitié du livre que nous découvrons qu'il ne prononce pas un soliloque, mais qu'il a une conversation après sa mort. La voix de Juan – qui n'est pas toujours claire, car elle est parfois mélangée aux échos en arrière-plan – nous guide à travers l'histoire et tente d'imposer une sorte d'ordre aux autres voix afin que le lecteur ne soit pas aussi perdu et confus que lui. Elle sert à ramener à la vie une histoire morte et fonctionne comme un pont entre le lecteur et le récit.

Structure et temps

Comme nous l'avons déjà expliqué, *Pedro Páramo* est composé de fragments que le lecteur doit essayer de comprendre au fur et à mesure qu'il lit le roman. Le lecteur est complètement désorienté, car il ne peut pas identifier qui parle dans chaque fragment ni savoir d'où il vient. Étant donné que l'intrigue du roman est simple en théorie (il raconte la vie et la mort de Pedro Páramo), son originalité réside dans cette approche de la structure et du temps. L'utilisation de fragments est une stratégie délibérée et efficace : comme l'a expliqué le critique Narciso Costa Ros, elle permet à l'auteur d'éviter les longues descriptions, les clarifications détaillées et les mises en garde inutiles (1976 : 139).

Le roman comporte trois volets narratifs : la narration à la première personne de Juan Preciado ; la narration d'autres personnages qui parlent entre eux ou racontent des anecdotes qui étoffent l'histoire ; et la vie de Pedro Páramo, qui est racontée par un narrateur à la troisième personne. Pour bien comprendre la structure du roman, il faut distinguer les fragments dans lesquels Juan est présent et qui sont racontés à la première personne de ceux dans lesquels il n'est pas présent et qui sont racontés à la troisième personne. Cette distinction n'est cependant pas simple, car dans certains fragments, Juan ne fait que répéter ce qu'il entend d'un des échos en arrière-plan.

Le roman peut être divisé en deux parties, avec une section de transition qui sert également à expliquer la première partie. Cette section de transition comprend l'épisode où Juan Preciado meurt et où nous comprenons que tout ce que nous avons lu jusqu'à ce moment-là fait partie d'une conversation avec Dorotea, qui est également morte. Elle joue donc un rôle essentiel, car elle révèle la perspective dans laquelle le roman est réellement raconté et, ce faisant, change complètement notre interprétation de la deuxième partie.

Comme nous disposons de plus d'informations lorsque nous lisons la deuxième partie du roman, nous pouvons comprendre rétrospectivement des fragments qui n'étaient pas clairs au départ. Cette technique se répète tout au long du Roman : à de multiples reprises, nous rencontrons une courte anecdote qui ne semble pas avoir de rapport avec le reste du texte et que nous ne pouvons comprendre que quelques pages plus loin. Le récit est alimenté par des histoires qui se complètent et s'expliquent, par de brèves explications de l'atmosphère d'un épisode particulier qui ressemblent à des indications scéniques, et par des versions d'un même événement qui sont racontées, par exemple, à la première personne puis d'un point de vue extérieur qui nous permet de mieux le comprendre.

THÈMES

La mort et le voyage

Le voyage est un thème commun à la littérature, qui peut prendre de nombreuses formes. Dans *Pedro Páramo*, Juan entreprend un voyage dans un but précis : il veut retrouver son père. Au cours de son voyage, il apprend la vérité (que son père était un homme mauvais qui méritait de mourir et que la ville idyllique que sa mère lui a décrite n'a jamais vraiment existé) et fait l'expérience directe de la mort.

La mort a toujours été la fin inévitable de son voyage, non seulement parce que la mort est une partie inévitable de la vie pour nous tous, mais aussi parce que, d'une certaine manière, il doit prendre la place de sa mère en mourant à Comala, comme il semble le reconnaître : « ma mère a vécu son enfance et ses meilleures années dans cette ville, mais elle ne pouvait même pas venir mourir ici. Elle m'a donc envoyé à sa place » (p. 72). La mort de Juan met fin à son voyage, mais elle représente aussi la fin d'une époque et la fin de l'histoire de Comala.

Pour cette raison, nous pourrions également interpréter le voyage de Juan comme une descente aux enfers, un thème courant dans la littérature. Contrairement à ce que prétend sa mère, Comala n'est pas une belle ville verte et prospère aux récoltes abondantes, mais plutôt une ville fantôme abandonnée. Comme l'enfer, Comala est peuplée d'âmes tourmentées qui ne connaîtront jamais le repos et c'est un endroit chaud, sans air, semblable à un désert. Juan s'y rend comme une forme de pénitence, bien que sa culpabilité ne soit pas la sienne; son fardeau est la honte d'être le dernier fils de Pedro Páramo.

La révolution mexicaine

Bien que la révolution mexicaine ne soit pas le thème principal du roman, elle est toujours présente en arrière-plan. Même Pedro Páramo, le plus grand propriétaire terrien de la ville, finit par y adhérer et par contribuer à son financement. Bien sûr, il ne s'agit pas d'un acte désintéressé ou d'un signe de conscience sociale, car il sait que soutenir la Révolution lui permettra de conserver ses terres et sa place dans la société.

De cette façon, Rulfo critique l'égoïsme qui a entaché la Révolution et signifie que, malgré la lutte et la mort qu'elle a entraînée, beaucoup de choses sont restées les mêmes et l'inégalité a toujours prévalu dans la société mexicaine même après l'introduction de la nouvelle constitution en 1917.

Certains critiques ont interprété Comala, qui est condamné à s'attarder quelque part entre la vie et la mort pour l'éternité, comme une métaphore du Mexique de Rulfo, qui était appauvri, comportait de nombreux villages ruraux entièrement abandonnés et était déchirée par des divisions politiques. Comala représente cette société qui a produit une révolution ratée qui a servi à maintenir le pouvoir entre les mains de quelques privilégiés et n'a apporté que peu ou pas de bénéfices aux gens ordinaires.

Le rôle des femmes

La plupart des personnages avec lesquels Juan Preciado interagit dans le roman sont des femmes. En dehors d'Abundio et de Donis, avec lesquels il n'échange que quelques mots, il rencontre des femmes partout : d'abord sa mère Dolores, puis Eduviges, qui est comme une seconde mère, puis la femme de Donis, et enfin Dorotea, à qui il raconte son histoire. D'ailleurs, toute l'histoire et toute la vie de Pedro Páramo tournent autour d'une femme, Susana San Juan.

Ainsi, les deux histoires principales du roman (celles de Juan Preciado et de Pedro Páramo) sont étroitement liées à deux figures féminines centrales : Dolores, qui représente l'espoir et la nostalgie d'un paradis perdu, et Susana, qui représente le déclin et la désillusion.

Ainsi, Juan est entouré de femmes qui le protègent d'une manière presque maternelle, mais en même temps, ce sont elles qui le déroutent et l'empêchent de comprendre et qui, d'une manière ou d'une autre, conduisent à sa mort. Le rôle des femmes dans le roman est donc complexe et à double tranchant : les femmes sont une source de protection et de calme, mais mènent aussi à la confusion et à la mort. D'une certaine manière, elles font toutes écho à la relation de Juan avec sa mère, définie à la fois par l'espoir et la mort, puisqu'il doit aller à Comala pour mourir à sa place.

RÉFLEXION COMPLÉMENTAIRE

QUELQUES QUESTIONS À MÉDITER...

- Dans quelle mesure Juan Preciado est-il un narrateur fiable ?
- Dans quelle mesure le roman dépeint-il fidèlement le Mexique du début du XXe siècle ?
- D'après le roman, diriez-vous que Rulfo était pour ou contre la révolution mexicaine ? Justifiez votre réponse.
- À votre avis, quel est le but de la structure fragmentaire du roman ?
- Quel rôle des femmes jouent-elles dans le roman ? Développez votre réponse.
- Peut-on décrire *Pedro Páramo comme un* roman réaliste et magique ? Pourquoi/pourquoi pas ?
- Êtes-vous d'accord avec l'affirmation selon laquelle *Pedro Páramo* est l'une des plus grandes œuvres de la littérature mondiale ? Quels éléments prendriez-vous en considération pour justifier cette affirmation ? Pourquoi ?

AUTRES LECTURES

EDITION DE RÉFÉRENCE

- Rulfo, J. (2014) *Pedro Páramo*. Trans. Sayers Peden, M. Londres: Serpent's Tail.

ÉTUDES DE RÉFÉRENCE

- Bastos, M. L. et Molloy, S. (1977) La Estrella junto a la luna : variantes de la figura materna en *Pedro Páramo*. *MLN*. 92(2), pp. 246-268.
- Costa Ros, N. (1976) Estructura de *Pedro Páramo*. *Revista chilena de literatura*. 7, pp. 117-142.
- González Boixo, J. C. (1983) *Claves narrativas de Juan Rulfo*. León : Université de León.
- Sánchez, E. (2003) La structure fractale de « Pedro Páramo » : Comala, quand te reposeras-tu ? *Hispania*. 86(2), pp. 231-236.
- Sieber, C. L. (2008) Fantastic Interpretations of Time in Juan Rulfo's "Pedro Páramo", Julio Cortázar's "Rayuela" and José Lezama Lima's "Paradiso" : Une continuité moderne du baroque. *Hispania*. 91(2), pp. 331-341.

LECTURES RECOMMANDÉES

- Dempsey, A. et De Luigi, D. eds. (2011) *Juan Rulfo : 100 Photographies*. Colonia Cuauhtémoc : Editorial RM.

Votre avis nous intéresse !
Laissez un commentaire sur le site de votre librairie en ligne
et partagez vos coups de cœur sur les réseaux sociaux !

lePetitLittéraire.fr

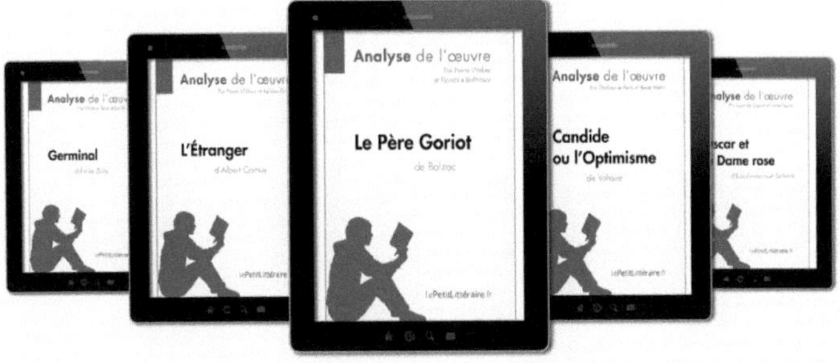

- des analyses de livres
- des fiches de lectures
- des commentaires littéraires
- des questionnaires de lecture
- des résumés

Retrouvez
notre offre complète sur
lePetitLittéraire.fr

L'éditeur veille à la fiabilité des informations publiées, lesquelles ne pourraient toutefois engager sa responsabilité.

www.lepetitlitteraire.fr

ISBN version numérique : 9782808684293
ISBN version papier : 9782808685092
Dépôt légal : D/2023/12603/1009

Conception numérique : Primento,
le partenaire numérique des éditeurs.